KB212227

이 책에 행운을 담아드립니다.

_____ 님께

_____ 드림

시인의 말

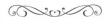

 조물주는 망각 속에서도 인간에게 보석처럼 빛나는 추억들만 안고 가라고 귀한 기억의 선물 하나를 주셨나 보다. 사계절이 주고 간 아름다운 자연의 선물과 세상 살면서 잊혀지지 않는 소중한 순간의 기억들이 생각 속에 추억의 동영상으로 남아 있다.

 어느 날 이런 기억을 기록으로 남겨보고 싶은 생각에 시작한 글쓰기가 한 편 두 편 모아지면서 이왕이면 곱게 다듬어 시집으로 완성해 보고 싶은 용기가 생겼다.

 화분에 심은 화초를 정성껏 가꾸던 어느 날, 아름답게 피어난 꽃의 향기가 잠 깨우던 아침, 설렘에 누군가에게 그 꽃을 선물하는 기분으로 이 시집에 향기를 담아 보내고 싶다.

 사랑하는 가족과 힘이 되어주신 오빠와 언니, 그리고 다정한 친구들, 소중한 인연이 된 모든 분께 감사의 마음을 전한다.

봄이 오는 길목에서
유현숙

Contents ● ● ● ●

Contents ● ● ● ●

삶이 힘들어 떠나고 싶을 때
바람아 나도 너처럼 자유롭게 날고 싶다

나비들의 가을 파티에 나도 어울려
훨훨 날며 바람처럼 춤추고 싶다
이 아름다운 가을에

1부

바람 불어
좋은 날

첫사랑

광화문 어느 호텔 커피숍
설렘의 첫 만남 한눈에 들어온 제복 입은
그의 모습 세상 풍파 잘 이겨낼 사람

나란히 앉았던 비원의 은행나무 벤치
잉어 떼 노는 돌다리 위를 함께 걷던
아름다운 둘만의 어느 가을날 추억

20여 년의 세월이 지난 어느 날
우연히 본 저녁 뉴스
그의 모습은 생각대로 성공한 사람

기억 속에서 멀어지려 하면 어김없이
지상파에서 다시 보인 얼굴
여전히 나를 긴장시키고 설레게 하는 사람

예나 지금이나 멋진 그 모습
생각의 자리에 늘 먼저 와 있는 사람
그 향기 그대로 영원히 간직하고 싶다

귀뚜라미 연가

온 동네를 비춰주던
둥근 보름달 빛에
고향집 초가지붕
하얀 박이 익던 가을밤

토담집 울타리
돌 틈 사이 귀뚜라미
외로움에 창문 두드리며
내게로 보내는 가을의 연가

그 소리에 보고파지는
장숙굴 산딸기
등거말 오디 따먹던
개구쟁이 동무들

어스름 달빛 젖은
귀뚜라미 멜로디 사이로
하나둘 스쳐 가는
그리운 친구들 얼굴

나도 어느새
가을 타고 있나 보다

* 장숙굴: 충남 홍성 마을 이름
** 등거말: 충남 보령 마을 이름

우리들만의 홍시

감나무에 봄이 오나 싶더니
후드득후드득 비바람에
흩날린 감꽃 떨어지고

땡볕 아래 무성한
진초록 잎새 가지 사이로
매달린 열매가 탐스러운 듯
날아든 까치가 새벽을 깨운다

계절의 언덕을 넘어온
잎새는 가을 채비를 하고
열매마다 햇살 가득 담긴
보석으로 온통 붉게 타오른다

자연과의 약속인 듯
까치 밥만 남긴 채
겨울밤 외할머니 옛날이야기
기다리며 항아리 속에서
우리들만의 홍시로 다시 익는다

우리 셋째 오빠

팔 남매 중 다섯째
전기회사 퇴임 후
그와 관련 사업 하시는 오빠

어린 시절 얼음장 같은
바람 속 따뜻한 마음 담아
내게 예쁜 내의를 선물한 사람

어느 해 설날 무렵
골덴바지에 주머니 달린
파란색 스웨터 사다 입혀 주던 날
얼마나 좋았는지 잠 못 이룬 밤

휴가 마치고 부대 복귀하는 오빠
가지 말라며 붙잡고 울던 여덟 살 소녀는
이제 어느덧 인생 황혼 앞에 서 있습니다

세상 어둠의 돌밭을 걸으며
어디로 가야 할지 갈림길에서 방황할 때
북극성이자 나침판이 되어 주셨고
연구하고 노력하라, 힘내라고 응원해 주시며
잘할 수 있다고 늘 격려해 주신 오빠

숙명의 어깨가 늘 무거워 보이고
속으로 불러보면 생각만으로도
자꾸만 눈물이 나는 고마운 사람

오래오래 건강한 모습으로 곁에 있어 주세요
기도하는 마음 담아 불러봅니다
우리 셋째 오빠

* 깨복쟁이: 장난스럽고 귀여운 행동을 하는 사람

깨복쟁이들의 바다

흥겨운 봄바람 타고
산천에 새순 돋는
어느 봄날 오후
바다 보고 싶던 날

앞서거니 뒤서거니
깨복이 친구들과 도착한
바다는 이미 물 빠진 뻘밭

살조개 고동 잡고
망둥이 쫓던 한나절 사이로
어느새 살금살금 밀려온 물결

뻘밭 물웅덩이에 빠진 발
얼굴은 온통 뻘흙 투성이
두려움에 울고 불다
깨복쟁이들 토닥토닥

엊그제 같은 생각 속
반백의 그리운 친구들
오늘도 꿈속 낙조 해변에서
맨발로 뻘밭 조개 잡고 있다

추억

희미한 기억 속
가을 어느 날
비원 앞 은행나무
낙엽 하나둘 떨어져
양탄자 만들고

그 위를 다정하게
손잡고 걷던 길

가위 바위 보하며
계단 오르던 일
지는 사람 노래 부르기

힘들 때마다
하나씩 꺼내보는
아름다운 추억 속
나만의 보물창고

오늘따라 보고 싶은
그 사람 생각나
어느새 나는
추억 속 은행나무
그 길 위에 다시 서 있다

선인장

투박한 옹기 화분에
상토와 모래로 터를 닦아
삽목으로 탄생한 너

바람과 햇빛만으로도
충분하다는 표정의 너는
볼품없는 초라한 베란다에
불평 없이 서 있구나

그늘 없는 잎새
시련과 고통의 가시를
덮고 사는 말 없는 생명체

한 가족 게발선인장
너도 주인을 닮아
상큼한 바람 좋아한다지

3월이 되려나
4월이 되려나
네가 첫 꽃망울 피우는 날
나도 그 향기 따라
네 꽃 닮은 희망의 꽃 피우고 싶다

가을이 오는 소리

귀뚜라미 길게 울며
내 방 창문 두드리는 밤
반가움에 놀다 보니
어느새 햇살 고운 아침

들녘에 출렁이는 벼
산허리 돌아 나온 바람에
갈대숲 휘어지고

작은 움직임 하나가
또 다른 한 움직임으로
펼쳐지는 가을 무도회

하늘은 높고
구름은 뭉실뭉실
살며시 다가온 바람
내게 속삭이는 말

볕 좋은 날 손 잡고
가을 무도회 가자 하네
이 가을 바람타고
높이 높이 날아보자 하네

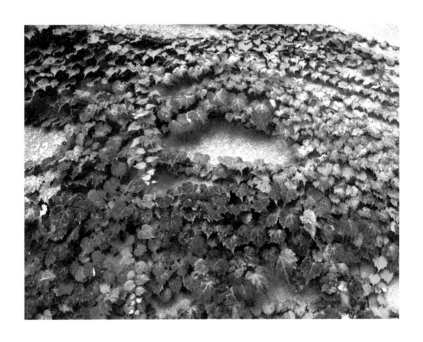

외로운 돛단배

푸른 바닷가에
돛단배 한 척
마주 보는 그 눈빛
늘 다정한 좋은 친구

성난 파도가
몸을 밀치고 흔들어도
돛단배는 하늘을 친구 삼아
험난한 먼바다로 나아간다
썰물에 실려
밀물에 밀려
정처 없이 홀로 떠나는 배

갈매기 울음소리마저 멀어지고
푸른 바다 수평선 향해 나아가는
저 외로운 돛단배를 위해 기도한다

바람 불어 좋은 날

이런저런 생각 많던
먹구름 가득한 어느 날 오후
바람 불어와 마음을 씻어주고

세상 시름 놓아버리듯
친구의 얼굴 그리워지던 날
혼자 서성이며 쓸쓸할 때
바람이 다가와 마음 달래주네

댑싸리 터에
코스모스 하늘하늘
날아오른 색종이 같은
나비들의 무도회 아름다워라

삶이 힘들어 떠나고 싶을 때
바람아 나도 너처럼
자유롭게 날고 싶다

나비들의 가을 파티에
나도 어울려 훨훨 날며
바람처럼 춤추고 싶다
이 아름다운 가을에

창문

별빛 기다리는
희망의 빛 출입구
닫기 위함보다는
열기 위해 만든
세상 향한 예쁜 공간

집 나간 그리움이
기다려지는 저녁이면
나 홀로 다가가
기대서는 곳

늘 고마운 사람

내가 가장 힘들고
지쳐 있을 때 누가 나에게
일어설 용기를 주었는지

희망이 보이지 않아
절망감에 넘어질 때
누가 나를 일으켜 주었는지

슬픔이 택배로 찾아왔을 때
눈물을 닦아주고
누가 나를 위로해 주었는지

자신 없어 망설일 때
할 수 있다며 용기를 주고
안아주며 내 편이 되어준 사람
잊지 말자 절대
기억하자 오래오래

산책로의 가을

햇살 고운 어느 가을날 오후
코스모스 춤사위에 강아지풀 살랑거리는
산책로를 가을의 속삭임 따라 걷는다

작은 꽃신 신은 강아지가 쫄래쫄래
엄마를 따라가고 그 귀여운 모습에
상사화가 흐드러지게 웃는다

꽃으로 세상을 덮을 기세
엄청난 가을 꽃밭의 폭죽처럼
붉은빛으로 터져 나오는 상사화가

내가 가는 산책로 양옆에서
환영하는 붉은 의장대처럼
가을의 추억 앞에 늘어 서 있다

2024년 9월 29일

하늘 바다

너는 청명한 하늘
나는 고요한 바다
마주 보는 그 눈빛
늘 다정한 좋은 친구

바다를 품은 하늘
하늘을 품은 바다
언제나 아름다운
늘 그 빛 그 자리

나 없는 사이 너 어디 있었니
너 없는 사이 나는 늘
네 생각 하나뿐

우리 서로 마주 보며
다정하게 손잡고 가자
이 모습 그대로
인생 노을 다할 때까지

노랑나비

어울림 공원
산책하는 나를 따라
짝을 지어 날아온 나비

꽃밭 장미꽃 사이를 날아
수국 꽃잎을 넘어
내게로 다가온 나비

노랑나비 넘어온
계절의 언덕에서
내일도 모레도
우리 다시 만나자

그리움 꽃밭으로 데리고 나와
너랑 나랑 산보하는
꽃잎 사이를 돌아
우리 다시 그 꽃밭에서
훨훨 날아 다시 만나자

어떤 해후

오래전 가을 들녘
노란 비 내리던 날
친구들과 단체여행
마치고 돌아오던 길에

카톡 속에 들어온
어디선가 많이 본 듯한
추천 친구의 얼굴

놀라움과 반가움에
머릿속은 이미 하얀 꽃
가슴은 설렘 가득
뗄 수 없는 눈

기억에 생생한 추억 속의 그림은
여전히 아름다운
우리들의 수채화

가을을 기다리며

저녁 어스름
산그림자 타고 내려온
고추잠자리 떼 지어 날고
고목의 녹음 속에
매달렸던 매미도 내 방 창문
그물망을 두드리고 있다

더위를 못이겨 틀어 논
선풍기 바람 곁으로
매미가 피서를 온 것일까
사람이나 곤충이나
무더위 피하고 싶은 마음

무심코 하늘 쳐다보니
시원한 구름 손잡자 하네
어느새 서늘하고 상큼한
가을바람이 기다려진다
나도 가을이 고픈가 보다

나를 멈추게 하는 것들

내가 사는 건물 옆 좁은 골목길
에어컨 실외기로 빼곡한 공간

나를 멈추게 하는 작은 생명체
시멘트 바닥 갈라진 틈에
뿌리내려 벽 오르는 가냘픈 나팔꽃

그 건너편 골목 처마 밑에
한숨 쉬며 폐지를 정리하는
허리 굽은 노파의 모습과

스쳐 지나가는 국적 모를
이방인들 얼굴 가득 그늘진
모습 뒤로 나팔꽃이 보인다

역경을 넘어 희망으로 살라는
스치는 듯 들리는 나팔꽃의 속삭임
멈춰 섰던 걸음도 그 말에 힘을 얻어
하늘 보며 다시 그 길을 걷는다

할아버지의 정원

산책길 옆 버려진 땅
오고 가는 사람들엔
그저 무심한 자갈길

어느날 그 자리에
서 있던 할아버지
허리 굽혀 자갈 골라내고
꽃 모종한 자리마다
라벤더 향기 그윽하다

가뭄에 목마를라
물을 지고 나른 꽃밭엔
화단 가득 나비들 축제
할아버지 마음의 향기
세상 어느 향기가 그만하랴

2024년 9월 29일

겨울 나무 앞에서

땡볕에 녹음을 태우며
불화로 같았던 지난 여름날의
무성했던 이파리들

어느새 가을을 만나
붉게 물들어 하나둘씩
바닥으로 떨어지고

계절의 언덕을 넘어
종착역에 이르러
마지막 이파리마저 떨군
남은 가지만 앙상하다

옷을 벗어 던진 나무에서
자신의 실체를 벗기는 글 쓰는
나의 모습을 본다

쓴 글이 많아질수록
더 잘 쓰고 싶어서
욕심은 점점 커지고 있다

그럼에도 계속 쓴다는 것은
작가의 집념인가 애착인가
내 안의 작은 용기가 오늘도
나를 열심히 응원하고 있다

먼저 핀 꽃들이 봉우리진 꽃망울에
어서 힘내 같이 피자고 무언의 기도를 보낸다

나를 위한 꽃들의 기도가 산책로를 따라와
아직도 내 안에서 종처럼 울리고 있다

2부

꽃들의 기도

여행

깊은 생각도 큰 기대도
하지 말고 가벼운 배낭처럼
마음도 가볍게 훌쩍 떠나보자

가고 싶은 곳 어디라도 좋다
또 다른 나를 찾아가는 여정
가다가 쉬고 싶으면 그냥
발 닿는 그곳에서 편히 머물자

바다가 보이는 아름다운
언덕 카페에 앉아 사랑 한 스푼
추억 한 스푼 넣은 달달한
향이 그윽한 커피 한잔의 행복

신선한 바람만으로도
오늘은 참 즐거웠노라며
내일은 어디로 갈까 설렘의 마음
한 조각 메일에 담아 친구에게
보내는 그런 시간과 마주해 보자

2017년 7월 18일, 친구들과 함께 갔던 북해도 눈의 도시 오타루 운하 풍경

꽃과 바람

어느 가을날 오후
꽃이 바람에게
안부 차 전화를 했다
잘 지내느냐고

쏜살같이 날아온 바람
아름다운 석양 아래
꽃잎의 볼을 스치며

황금빛 바람이 보내는
환한 미소에 수줍어
꽃잎은 더욱 붉어진다

자전거 여행

젊은 날 출근길에 본
자전거 배우는 사람들
나도 한번 배워 볼까
바로 시작한 자전거 수업

학교 후문 앞 넓은 공간
약간 경사진 출발지
몸과 자전거 따로 놀고
무릎은 이미 상처로 가득

넘어지고 다시 일어나
참고 견디던 수많은 날들
왕초보 홀로 가기에 드디어 성공

햇살 응원 속 자전거 전용도로
쌩쌩 달리는 사람들 사이에서
고마운 아들이 사준 새 자전거 타고
미사리 강변 따라 나도 달린다

가도 가도 끝없이 이어지는 길
어디까지 가야 하나 고민의 순간
뒤에서 들려오는 호루라기 소리

여기는 한강 따라 팔당 가는 길
이제는 그만 뒤돌아 가라 하네
활짝 웃고 돌아오는 길
오늘 참 잘 했노라
행복 넘치는 하루

자전거 여행 2014년 가을

친구

언제나 내 편이 되는 너
어렵고 힘들 때마다
위로의 한마디가
희망이 되는 사람

외로울 때 찾아가는
푸근한 쉼터이자
그늘 같은 마음의 안식처

세월 가도 오래오래
우리 서로 세상 바람
막아주는 방풍림 같은
나무가 되자 친구야

할머니와 고등어

하늘 가득 매화꽃 흩날리듯
함박눈이 펑펑 내리던 날
가로등 불빛 아래 서러운 그림자

초라한 사과 상자 좌판 앞에
쪼그려 앉은 허리 굽은 할머니
쌓이는 눈에 머리는 더 하얘지고

눈빛마저 얼어붙은
마지막 생선 두 마리
길 가는 사람들에게 보내는
할머니의 기도가
바람에 날린 지 벌써 몇 시간

곁에 앉은 손녀는 이제 그만
집으로 가자며 허기진 배를
웅크리고 보채고 있다

중절모 쓴 신사 멈춰서서
지갑 열어 생선 사며
손녀의 시린 손 감싸주더니
온기 있는 목도리를 벗어준다

고맙다고 말하는 할머니
뒤를 돌아보며 또 인사를 하고
비탈진 어둠의 골목을 힘겹게 오른다

그 자리에 서서 손 흔드는 신사의 모습이
눈보다 더 하얗게 빛나는 순간
내 마음 안으로 따스한 바람이 분다
북풍 헤치고 온 훈훈한 바람이 분다

* 즘말: 충남 홍성 마을 이름

즘말 바다

아카시아 향기 그윽한
길 따라 바다가던 날
오손도손 이야기꽃
피우며 도착한 바다

물 빠진 뻘밭과 모래밭
어른들은 능쟁이 황발이
모시조개 잡고
아이들은 모래밭에
개량조개를 잡는 오후

자연산 푸짐한 먹거리
초여름 상추쌈에 올린
맛깔난 밴댕이 한점
밥도둑이 따로 없네

지금도 들리는 듯
도란도란 이야기
정겨움이 넘치는 고향
나는 꿈속에서
추억 속 그 바다로 다시 나선다

거미의 집

부지런하기도 하지
굴착기도 공구도 없이
줄타기 곡예사 거미는
지붕도 벽도 없는
무허가 집을 지었다

창틀이든 처마 끝이든
마음 내키는 대로
밤사이에 아무도 모르게
또 한 채 뚝딱 집을 지었다

재료도 자기 몸에서
자급자족 제 맘대로
장소 무관 크기 무관
고집불통 요술 건축사

사람이나 곤충이나
그저 편하게 살고 싶은
그런 좋은 집 원해

그래 계속 지어라
거미야 응원할게
네 맘대로 멋지게 지어라

환갑 여행

설레는 가슴으로 떠난
깨복쟁이 사총사 환갑 여행
비행기 창밖엔 구름 반기고

바람처럼 날아 삿포로 도착
첫눈에 들어온 깨끗한 거리
시니어들 일하고 있는 곳

첫날 다 함께 들어간 화장실
나와 보니 아무도 없어
머릿속은 이미 하얗고

한참을 헤매다 방송국 앞 상봉
곤말 씩씩맨과 큰말 똑똑맨
눈가에 눈물 글썽

등거말 긍정맨 한껏 뽐내며
웃음 활짝 사진에 담는다

시계탑, 오타루, 신궁 둘러보고
도야 호수 속에 비친 달빛 축제

끼니마다 맛난 밥상 하하 호호
사총사 웃음소리 무르익는 우정
3박 4일 북해도 환갑 여행
마침표 뒤를 이은 우리들의 추억여행
지금도 계속된다

* 곤말, 큰말, 등거말: 충남 보령 마을 이름
* 씩씩맨, 똑똑맨, 긍정맨: 친구들 애칭

하얀 세상

이른 아침 반가운 까치 소리에
눈을 떠보니 밤사이
솜털 같은 함박눈 내리고

창밖 고고한 소나무엔 가지마다
가득 만개한 백설화 주렁주렁
어렸을 적 눈 내린 내 고향
어른들이 추수한 논에
가둔 물 꽁꽁 얼려
아이들 썰매장 만들어 주신 곳

비료 포대 새끼줄 하나
앞에서 끌고 뒤에서 밀며
시간 가는 줄 모르고 해지는
저녁까지 놀던 그 시절

눈이라도 오는 날이면
그 옛날 그 언덕
썰매장으로 달려가

부르면 금방이라도
달려 올 것만 같은
어린 시절 친구들과
다시 어울려 그때처럼 놀고 싶다

친구네 집

큰말 사는 숙이네 집
병풍 같은 대나무 숲으로
언덕 위에 터를 잡고
바람은 싸그락 싸그락 소리를 낸다

장독대 주변에는 수줍은
딸기가 익어가고
노란 탱자의 검은 씨는
식초로 익는 밤에

후드득후드득 밤 떨어지는
소리 사이로 익던
빨간 감은 가지마다 풍년

시원한 토굴 속 미로는
우리들의 멋진 놀이터였고
양지바른 텃밭 풍성한 야채는
건강 식탁에서 늘 우리를 반겼지

고고한 마당의 향나무와
안개 피는 새벽녘
토끼 고라니 놀고 가던
그림 같은 옹달샘

오늘도 꿈결 따라
그 시절 그곳에
다시 찾아가 보고 싶다

* 큰말: 충남 보령 마을 이름

낙엽

요란한 매미 소리에
녹음은 더욱 짙어지고
구름을 초대한 하늘은
고추잠자리를 날리고 있다

나무마다 다른 색깔로
뽐을 내는 이파리들
제각기 곱게 꽃단장하고
바람 곁으로 나선다

가을이 언덕을 넘는 자리에
공들여 하나 둘 고운 빛깔
양탄자로 길을 내주고

다정한 친구와 손잡고 가라 하며
고운 단풍잎 골라
우리들의 이야기 사이로
바람에 날리고 있다

꽃들의 기도

우리 동네 어울림 공원
산책로 따라 조성된 장미 꽃밭

먼저 핀 꽃들이
봉우리진 꽃망울에
어서 힘내 같이 피자고
무언의 기도를 보낸다

밤사이 활짝 핀 그 꽃들이
함박 웃음으로 인사를 한다
기도 덕분에 필 수 있었다고

시간 지나 저 꽃들
다 지고 나면 나는 어쩌나
그 말을 들었는지

나를 위한 꽃들의 기도가
산책로를 따라와
아직도 내 안에서
종처럼 울리고 있다

꿈속 고향집

기와지붕 아래 방 세 칸
넓은 앞마당에 감로수 우물
복숭아 향기 그윽했던
내 어릴 적 꿈속 고향집

어미돼지 품에 안긴
열두 마리 새끼 돼지 재롱
졸음 끝에 매달린 애호박은

어머니의 손맛에 피는 저녁 식사
국수 고명으로 오르고
도란도란 이야기꽃에
모닥불도 못내 졸던 곳

지붕 위 고추는
땡볕에 다시 익어 붉어지고
채송화 작약 달리아
뒤뜰에 꽃 피우면

앵두 고욤 대추나무 열매도
철 따라 풍년 들던 곳

닭장 속 암탉 날개 아래
옹기종기 병아리들
깜박이는 눈동자마다 별빛 내리던 날들

먼 산사의 종소리 울릴 때
한옥 품은 대나무 숲에
한 무리 참새 떼 날아들면
설산 넘어온 바람의 노래인가
사그락사그락 소리를 낸다

그리운 어머니

푸른 하늘만으로도
아름답고 행복한 날들
혹한의 바람 속에서도
내 귀를 감싸 주시던
어머니의 따뜻한 손

입학식과 졸업식 날
꿈과 사랑 가득 담은
어머니의 축하 꽃다발

시골 장날 시장 골목에서
사주시던 구수한 감자탕
다람쥐 뛰놀던 둘레길
어머니와 함께 줍던 은행잎
책갈피로 간직했던 가을날 추억

이제는 하늘이 되신 어머니
그리움 끝에서 만나는 길
생각 속 그 시절 오늘도 빛어 난다

삼총사의 봄날

앞산에 진달래, 철쭉, 목련
봄꽃들로 빛나던 날들
소박한 5층 아파트에 살며
이웃으로 만난 우정의 자매

훌라후프를 돌리고
자전거 함께 달리던 한강길
쑥버무리 도토리묵만으로도
행복했던 우리들의 푸른 날

낡은 보금자리 못내 아쉬워하며
이사 가던 날 우리는 닫힌 문 앞에서
소리 없이 눈물 흘리며 이별했지

떨어져 살아도 카톡 안부 전하고
가끔 만나 커피 한잔 나누며
둘레길 향기와 추억 속 이야기로
서로에게 빛이 되는 봄날 삼총사

하얀 밤

늦은 밤 열어 본 메일
내 마음을 무겁게 하여
피곤은 한데 잠은 더 멀어지고

따분한 마음 달래려
고요 속에 탄 국화차 한 잔
컵 속에 다시 핀 잠시의 위안

밤중에 걸려 온 전화벨 소리
급히 받다 바닥으로 떨어져
조각난 예쁜 잔과의 이별

뒤척이는 잠자리
달아난 꿀잠의 자리에
불청객 근심들만 찾아와
바람 되어 꽃잎 떨구고

고요한 어둠 속 별빛은
새벽을 아쉬워하는데
나 홀로 외로운 체
하얀 밤을 새우고 있다

어느 가을날 오후

은행잎들이 참새처럼 앉아있는
벤치에 다가가 가을 타는
사색에 잠겨보려 하는 순간

때마침 울리는 카톡
친구가 보내온 여행 계획서
상상만으로도 설레는 날들 위에서
내 맘은 배낭 메고
가을 속 탈춤을 춘다

읽어보려 꺼내든
책 위에 날아온 은행잎
저처럼 날아보라 하네
가을 타고 멀리멀리
떠나보라 하네

내가 다시 태어난다면

내가 세상에 다시
태어날 수 있다면
산사의 범종 소리 되고 싶다

마음이 가난한 사람에게
잔잔한 여운의 울림으로
다가가는 종소리 되고 싶다

고요한 어느 산속 암자의
눈물 많은 탁발승이 슬픔을 떨구듯
상념의 날개 달아 힘껏
떠나보내는 저녁 종소리

위로와 희망의 안식을 줄
그런 사람을 찾아 먼 산 넘고
허공 돌아 길 없는 하늘 길
찾아 나서는 영혼의 소리

멀리서도 그 소리를 들으면
마음이 마냥 평온해지는
그런 종소리 되고 싶다

세월의 고개를 넘어 가족 사랑 가득한
마법의 양탄자 타고 하늘 날 듯 자란 나

오늘도 희망 가득 벅찬 가슴에 담아
행복의 주문을 외운다

3부

나는 행복한 사람

칡 캐러 가던 날

깨복쟁이 삼총사 칡 캐러 나선 길
곡괭이 둘러메고 망태기는 허리춤에
까치들의 정겨운 풍악 소리 울리자
바람 타고 나르는 들꽃들의 춤사위

반장 씩씩맨이 앞장서고
부반장 긍정맨이 뒤따르며
맨 뒤에 구경맨은 사방을 살피다
칡뿌리 발견 순간 터지는 환호성

곡괭이를 올려 칠 때 구경맨이 미끄러져
이마에 스친 찰나의 순간
금방 퍼렇게 부풀어 오른 밤톨 같은 혹에 놀라
엉엉 울며 발 동동 구르던 시간

한나절 지나 칡뿌리 둘러메고 집으로 가는 길
뻐꾸기 날갯짓하는 산자락에
우리들의 웃음소리 여운 남기며 걷는 길
긴 그림자 데리고 붉은 석양 따라온다

* 씩씩맨, 긍정맨, 구경맨: 친구들 애칭

그리운 아이들

고요한 강가에 놀러 온
새 한 마리 여유로운 가을
물줄기 따라 움직이는
고고한 한강 유람선 보며

물소리 바람 소리 벗 삼아
땀으로 일군 나의 소중한 일터
예쁘게 꾸민 추억의 공간과
건반에 눈 맞추던 아이들 생각나

진도 늦다 투덜대던 아이
선생님 눈 속여 딱지 치던 모습
단소 소리 나지 않아 힘들어한 철이
수행평가 어려움 겪던 예쁜 승희
명문대 합격했다고 인사 온 준이
사촌간 우정 돈독한 소영이네

때론 무섭게 때론 자상하게
눈으로 보아야만 마음이 놓이는 성격

결근 없는 30년 원장 선생님 자리
나를 지켜준 버팀목 비타민 제자들
지금은 어디에서 무엇을 하며 살고 있나
그리운 모습들 보고 싶다 얘들아

2001년 봄

오천 원의 행복

가방을 크로스로 메고
시장 구경 가던 날
날아가는 비둘기 한 쌍으로
하늘은 더 평화로운 오후

새콤달콤 과일 가게
구수한 시래기 순대국밥집
침샘 자극 치킨집 옆 옷 가게
풍성한 상자에 가득 넘치는 옷
환불, 카드, 교환 안 됨 현금만 가능
사는 이들 따라나설 수줍은 옷들

이리저리 뒤지다가
눈에 띈 몸빼바지
하자는 없는지 공중에 팔 벌려
이리저리 살펴보고
맘에 든 색상 골라 세련되고
예쁜 기모 바지를 산다

별것은 아닌데 횡재한 기분
빠른 걸음으로 집에 돌아와
얼른 입어보니 가볍고 편해 좋다

물가는 올라도 시장 인심 따뜻해
마음 훈훈하고 기분마저 평펌해진
몸빼바지 닮은 하루

양파의 눈물

칼 판 위에 오른
껍질 벗은 하얀
양파 앞에 서면
왜 눈물이 나는가

어디론가 숨고 싶어서
왠지 부끄럽고
창피해서도 아닌데

자존심이 상하고
화가 나서도 아니고
왠지 슬프고
외로워서도 아닌데

멀리 떠나온 고향집
칼 판 앞에 나처럼 앉아
자식 생각하고 있을
엄마가 보고 싶어서일까

나는 행복한 사람

나는 연세 많으신
부모님 사이에서 태어난
8남매 중 막둥이

맏이인 언니와는 무려 30살 차이
내가 어릴 때 언니 오빠는
이미 가정을 이루고 있었지

예쁜 손가방 갖고 싶을 때
동화 속 주문 외우듯
금 나와라 뚝딱하면
어느새 예쁜 빨간 가방이
내 손에 꼭 쥐어져 있었고

시계 갖고 싶을 때
금 나와라 뚝딱하면
손목엔 마법의 시계가
이미 반짝이고 있었지

예쁜 구두 신고 싶으면
금 나와라 뚝딱 한 번에
나는 빛나는 신발의 신데렐라

세월의 고개를 넘어
가족 사랑 가득한
마법의 양탄자 타고
하늘 날 듯 자란 나

오늘도 희망 가득
벅찬 가슴에 담아
행운의 주문을 외운다
금 나와라 뚝딱!
금 나와라 뚝딱!

큰말 새언니

한동네 살던 큰말 새언니
사촌 큰오빠의 부인

대농이신 큰오빠는 큰 키에
건강관리 잘하시는 동네 미남

뒤뜰에 감꽃 눈처럼 흩날리고
후드득후드득 떨어지는 알밤
장작불에 구우면 최고의 꿀밤

햇볕 좋은 어느 가을날의 오후
한 동네 세 가족 한자리에 모여 앉아
햅쌀밥에 새콤달콤 무생채 나물
노랗게 속이 꽉 찬 배추겉절이에
시원한 소고기뭇국 함께한 추억

막내 고모 좋아하는 누룽지까지
가마솥 득득 긁어 챙겨 주시고
봄이면 쑥 향 나는 쫄깃쫄깃 쑥개떡에
팥 듬뿍 넣어 만든 모찌떡도 일미

얼굴도 예쁘시고 성격도 활달하셔
동네에서 우애 좋기로 소문나신 분
오늘따라 그립다 큰말 새언니

* 큰말: 충남 보령 마을 이름

종이 낙엽

어느 가을날 오후 햇살을 친구 삼아
산책길에 나서던 날 숲의 맑은 공기에
좋아진 기분 반기는 나무 위에 까치들

가을의 상징처럼 마을 앞에 나란히 선
은행나무 고목 한 쌍 서로 마주 보고
같은 계절을 맞으며 사랑을 나눈다

잎새 떨군 가지마다 주렁주렁 열매 풍년
아직도 남아있는 몇 장의 녹색 이파리들
계절 끝에 매달린 힘든 모습 안쓰럽다

발아래 떨어진 이파리 무심코 살펴보다
눈에 띈 만 원권 지폐 한 장 덜 익은 가을처럼
퍼런 채 낙엽 속에 구겨진 모습

잠시 일던 물욕이 가을 속으로 떨어지며
다시 찾아온 평온, 티 없는 가을 앞에
계절은 나를 다시 제자리에 세워놓고

내 곁으로 다가와 귓속말로 속삭인다
파란 지폐 낙엽을 종이로 보라 하며
가을바람 자연 속 맑은 모습의 나로
그냥 이 가을 살아가라 하네

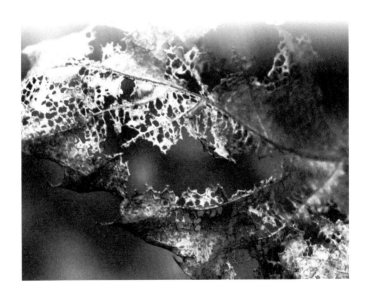

그리운 큰오빠

시골 약국의 약사로 한평생
마을 사람들에게 사랑을 베푸시던
따뜻한 미소, 밝은 표정의 큰 오빠
이제는 하늘의 별이 되셨습니다

약값 없는 아이들에게
위로하며 두 손 잡아주시던
당신의 손길은 늘 따뜻했고
편찮으신 아버지에겐 든직한 효자

구름 품은 산길을 넘어 오빠 집을
찾아가는 날이면 뛰어나와 반겨주던
조카들과 품에 안아주시던 오빠는
하늘이 보내주신 천사 같았습니다

당신이 지셨던 숙명의 무게와 저에게
베푸셨던 과분한 사랑을 이제야 알 것 같아
돌아오지 않는 길 위에 서서
그리운 큰오빠 당신을 불러봅니다

바람이 전하는 말

아픔이 너무 커
감당하기 힘든 날
내 방 창문 두드리며
다가온 바람이 내게 하는 말

억누르지도 말고 버티지도 말며
흐르면 흐르는 대로
물결처럼 살라 하네

바닥을 치는 순간
올라갈 일만 남고
지금 아픈 상처는 언젠가 아무는 법

새벽을 이기는 어둠은 없다 하고
심호흡하며 고개 들어
푸른 하늘 보라 하네
희망찬 미래 열어가라 하네

근심덩어리

마음속에 배달 온 것
뜯어보니 여러 개 작은 상자들
하나, 둘 셋 세어본다

어젯밤 내 머리를
송두리째 흔든 삶의
근심덩어리들이다

남에게 줄 수도 없고
갖고 있자니 머리 아픈
받을 수 없는 택배 상자들을
고민하다 다시 반품한다

보낸 이가 누구일까?
저걸 보내긴 보내는데 언젠가 다시
내게 돌아올 것 같아 걱정이다
어느새 마음에 그늘이 진다

조카 사랑

한동네 살고 있는
사촌 오빠 막내딸 예쁘고 귀여운 조카
햇살 고운 어느 봄날
아장아장 병아리 걸음 우리 집에 들어설 때

얼른 나가 번쩍 안고
마루에 걸터앉으면 내 발등에 제 발 포개고
허리 꼭 껴안고 함께 부르던 전래동요
둥개 둥개 두둥개

고개 흔들며 재미있어하는
어린 딸 쳐다보는 오빠의 행복한 표정
맛있는 간식에 예쁜 머리핀 꼽아주며

둥개 둥개 두둥개
이제는 성인이 된 조카딸과
지금도 함께 옛집 마루에 걸터앉아
다시 불러보는 그 시절 추억의 동요
둥개 둥개 두둥개

* 둥개 둥개 두둥개: 한국의 전통 동요

까치집

이른 봄에 뾰족뾰족 올라오는 연둣빛 희망
땡볕 여름의 진초록 푸르름과 짙은 그늘
지는 가을 단풍과 설경만으로도 행복한
까치 가족의 작은 둥지를 올려다본다

창문도 지붕도 없는 아슬아슬한 낭떠러지
공구도 장비도 없이 굵은 막대와 잔가지
열심히 물어다 비바람 불면 무너질라
노심초사 부리와 몸으로 일군 허공의 둥지

30평도 20평도 아닌 자기 둘만의 작은 둥지에
만족하며 새끼를 품고 사는 까치의 청빈낙도
그 앞에 우리들의 삶의 터전 그 의미를 새겨 본다

새벽을 여는 청아한 까치들의 합창 소리
어미 품에 안긴 어린 까치는 도심 속
가로수 길 잎새 다 떨군 한 그루 나무 위
외딴 둥지에서 하늘과 구름을 올려다본다
푸르름만으로도 행복한 아침을 배우나 보다

나의 하루 스케치

재잘재잘 창을 두드리는
빗방울의 노래가 깨운 새벽이 지나고
창문 넘어온 햇살의 리본이 나를 감싸는 시간

통밀빵 한 조각 위로
우주의 태양 같은 달걀후라이 눕고
이브의 사과와 두유 한 잔 속으로
잔잔한 평온이 음악으로 흐르는 시간

아침 공기의 상쾌한 유혹에
창문 활짝 열어젖히고
어젯밤 골목으로 흩어진 담배 연기와
비닐의 흔적 같은 어둠의 계단을 쓸며
맑은 아침의 바람을 맞는다

책장을 넘기면서
가끔은 생각의 그물에 잡힌 단어들로
글을 써 보기도 하고

따분한 시간
발자국처럼 새기는 만 보의 족적을
하루의 흔적처럼
내 안에 작은 벽돌로 쌓는다

나만의 공간 내 방 음악실에서
전자 색소폰을 연주하고
늦은 밤 퍼즐 놀이의 즐거움으로

바람의 웃음 같은 일상을 접으며
춤사위로 꿈나라 구름에 올라
나는 홀로 하얀 여행을 떠난다

공주들의 숲속 산책

촉촉이 가을비 머금은 땅 위에
햇살이 만든 수채화 그늘 번지면
공주들은 설렘을 가디건처럼 걸치고
나란히 추억의 숲길로 들어선다

대숲은 공주들의 수다로 새순을 키우며
비밀을 간직한 채 푸른 첨탑처럼
하늘 찌를 기세로 키를 높이고
멀리 지나가는 기차 소리는
우리들의 아름다운 추억을 싣고 달린다

공주들은 그네 위로 꿈을 띄우며
흩어지는 새털구름에 근심 담아 보내고
웃음으로 서로를 비추며
숲길 낮빛 끝자락을 걸어 나온다

맑은 계곡물은 여전히 소리내어 흐르고
공주들의 헤어짐을 아는지 가끔씩
시든 잎들이 하나둘 바람에 떨어져
바위틈새 아쉬움으로 흘러 멀어져 간다

함께 걷는 이 숲길의 끝 너머
멀리 보이는 수평선 고향의 바다 위로
어제처럼 금빛 석양이 내리고 있다

당신 생각

메마른 대지 위
아지랑이 속으로 다가와
이름 모를 꽃씨를
소리 없이 뿌려놓고

진초록 잎새
우거진 그늘 아래
시원한 골바람 되어
더위를 식혀 주던 사람

오색으로 풍요로운
가을이 다가오면
그리움으로 부푼 가슴
어느새 단풍 들게 하고

어스름의 겨울 새벽녘
함박눈으로 다가온
설국의 요정 닮은 바람 속 당신

속눈썹 타고 내린
투명한 눈물방울로 흘러
강물로 멀어져가는 이름이여

베테랑 선생님

놓아버린 컴퓨터
15년 만에 다시 배울 결심
안개비가 내리던 날
과연 할 수 있을까
의구심에 먹구름이 일었다

설명은 이어지는데
알아듣지 못하는 현실
부끄러움 무릅쓰고
수없이 질문해 보지만
다시 꺼지는 연탄재 신세

미안함 가득한 얼굴 보신
선생님의 잘할 수 있다는 응원가
자상한 설명에 사랑 가득한 미소

다시 살아난 힘찬 용기로
이제는 보낼 수 있게 된 이메일
답답함도 차츰 해소되고
또 하나의 세상이 열린 듯

표정으로 설명이 되는 사람
컴퓨터계의 베테랑 선생님 덕분에
폭음에 찌든 우리들의 얼굴
어느새 꽃보다 고운 얼굴
안산 마을 가을 단풍 되었네

생선가게 멍멍이

보슬비 내리는 어느 늦가을 오후
부모 형제 집도 절도 없는
멍멍이 한 마리 온몸 젖은 채
비린내 나는 생선가게 앞을
허기진 모습으로 기웃거린다

며칠을 굶었는지 퀭한 눈에
쏟아지는 피로감으로 걷기마저
힘든 모습 말 못 하는 슬픈 외톨이

코끝을 자극하는 비린내 나는
생선가게 앞에 멈추어 선 지 몇 시간째
물끄러미 쳐다보며 침만 삼킨다

스쳐 지나가는 시장통 사람들
아무도 눈길 주지 않는 그곳에
구세주처럼 나타난 어떤 한 사람

손질하다 모아둔 생선 내장을
건네주며 비 맞은 머리 쓰다듬고
궤짝에 비닐지붕 씌워 얼기설기
끈을 엮어 보금자리 만든 사람

진솔한 마음으로 아껴주는 사람이
내 곁에 있다는 게
얼마나 큰 힘이 되는지

만나면 반가운 누군가가 있다는 게
얼마나 큰 행복인지 아는
멍멍이의 하루는 오늘도 빛이 난다

여행의 행복

마음 설렘은 이미
떠남의 시작이다
늘 있던 공간과의 이별

새로운 바람과의
만남만이라도
기분 좋은 해방감

아름다운 풍경 속
자연과 우연히 만난
사람들과의 교감

이어지는 작은 느낌표
나를 다시 깨우는
조용한 사색과 명상

담아 오기엔 너무나
많은 소소한 행복감
그래서 사람들은 여행을
태생적 본능이라 하나 보다

하늘이 무너지던 날

아침부터 습도가 높았던
오월의 끝자락 그날
갑자기 날아든 비보

쓰러진 막내 오빠
사경을 헤매던 천안의
대학병원 중환자실
마지막 이별의 시간

지방 소도시에서 맞춤옷
의류업을 하시던 오빠는
그림도 잘 그리시고
신뢰받던 디자이너

상가를 다시 건축하느라
온갖 신경을 많이 써 힘들어서 그랬을까?

동생인 나에게 봄이면
화사한 투피스를
여름이면 시원한 깔깔이 원피스
겨울엔 따뜻한 코트
철 따라 예쁜 옷에다
용돈까지 챙겨 주시던 분

고맙다는 말도 못 한 영원한 이별
오빠의 부재 그 빈자리가
너무도 크고 가슴 저려와
오빠 오빠 우리 오빠
그 이름 목 놓아 불러봅니다

나의 둘째 오빠

팔 남매 중 넷째 우리 가문의 자랑
무더운 여름 모기와의 전쟁 속
열심히 공부하며 운명을 개척한
우리 집안의 기둥이자 천재
미국 국비유학생으로 귀국길에
온 가족 선물 듬뿍 가져오신 오빠

내겐 그 당시 유행한
미제 나일론 빨간 스웨터
뛸 듯이 기뻐했던 그날의 감동

유명 건설회사 국제분야 근무로
공산국가를 제외한 세계 곳곳을
누비시어 온 동네 사람들의
부러움과 찬사를 받으신 분

외국 출장 갔다 오실 때면
바바리 선글라스 명품 시계 선물
결혼 전 오빠 집에 함께 살던 그때
명품으로 혼수 장만 다 해주시고
결혼 후 일터까지 마련해 주신 분

받기만 하고 아무것도 해드린 게 없어
늘 감사하고 마음 가득 고마운 분
건강한 모습으로 오래오래
장수하세요 우리 오빠
영원한 나의 수호천사

벚꽃임

얼마나 가슴이 설레고
두근거렸는지 그대는 아시나요?

임 오시기를 손꼽아 기다린
수줍은 볼에 붉은빛 수를 놓고
며칠간 바람결에 머물다
내 몸을 태우고 떠나신 님이시어

푸른 잎에 둥지를 내어주고
슬프디 슬퍼 간밤엔
하얀 비를 내리셨나요?

내 마음 흔들어 놓고
어디로 가시나요?

내년 봄
임이 오시는 날엔
청사초롱 불 밝혀
까치발로 기다릴래요

흩날리는 꽃잎에
내 그리움 얹어
그대 머문 자리마다
사랑을 피워 드릴게요
보고 싶은 벚꽃 임이시어

꽃들의 기도

초판 1쇄 2025년 3월 20일

지은이 유현숙
발행인 김재홍
교정/교열 감혜린
디자인 박효은
마케팅 이연실

발행처 도서출판지식공감
브랜드 문학공감
등록번호 제2019-000164호
주소 서울특별시 영등포구 경인로82길 3-4 센터플러스 1117호{문래동1가}
전화 02-3141-2700
팩스 02-322-3089
홈페이지 www.bookdaum.com
이메일 jisikwon@daum.net

가격 15,000원
ISBN 979-11-5622-923-0   03810